U0909643

幸福
是突然找回
这样一些
东西

谢炯　著

山西出版传媒集团　北岳文艺出版社
BEIYUE LITERATURE & ART PUBLISHING HOUSE
·太原·

图书在版编目（CIP）数据

幸福是突然找回这样一些东西 / 谢炯著．—太原：北岳文艺出版社，2018.6
（猎户诗丛 / 朵渔主编）
ISBN 978-7-5378-5606-5

Ⅰ．①幸… Ⅱ．①谢… Ⅲ．①诗集—中国—当代 Ⅳ．① I227

中国版本图书馆 CIP 数据核字 (2018) 第 097926 号

书　　名：幸福是突然找回这样一些东西

作　　者：谢炯
责任编辑：吴国蓉
装帧设计：汉诗书局 · 傅远
出版发行：山西出版传媒集团 · 北岳文艺出版社

地　　址：山西省太原市并州南路 57 号
邮　　编：030012
电　　话：0351-5628696（发行部）
　　　　　0351-5628688（总编室）
传　　真：0351-5628680
网　　址：http://www.bywy.com
E - mail：bywycbs @ 163.com
经 销 商：新华书店
印刷装订：北京富诚彩色印刷有限公司

开　　本：787mm × 1092mm　　1/32
字　　数：120 千字
印　　张：6.75
版　　次：2018 年 6 月第 1 版
印　　次：2018 年 6 月北京第 1 次印刷
书　　号：ISBN 978-7-5378-5606-5
定　　价：58.00 元

谢 炯
Joan Xie

诗名炯，英文名 Joan Xie，20 世纪 60 年代出生在上海。80 年代毕业于上海交通大学管理系。1988 年留学美国后取得企业管理硕士和法律博士学位。2000 年在纽约创办自己的律师事务所，为美国知名移民法律师。恢复写作后以双语写作诗歌、散文、微型小说，并从事诗歌翻译工作 。2015 年在美国出版诗画集《半世纪的旅途》，2016 年在美国出版散文诗集《蓦然回首》，2017 年荣获首届德清莫干山国际诗歌节银奖。中文诗作发表在国内《诗刊》《扬子江诗刊》《桃花源诗季》等文学杂志以及大型公共诗歌文学平台。英文诗作和翻译诗作发表在美国《诗天空》《唇》《文学交流》等文学杂志。

Joan Xie was born in Shanghai where she attended Shanghai Jiaotong University. Xie came to the United States in 1988 to study business and law. She established her law practice in New York City in 2000, specializing in immigration law. Xie is a prolific writer of poetry and essays, both in English and Chinese, as well as a poem translator from both languages. *Half-Century Journey*, her book in collaboration with renown contemporary artist Lianjian Zheng, combining painting and poetry, was published in 2015. Her essay collection,*Looking Back* was self-published in 2016. In 2017, she received a Silver award at First Moganshan International Poetry Festival in China. Her poems in Chinese appeared in prestigious poetry magazines such as *Poetry*, *The Yangtze River Poetry Journal* and *Peach Blossom Poetry* in China. Her poems in English and translations are published at *Exchanges Literature Journal*, *Lips* and *Poetry Sky* in the United States.

谢炯的诗真率动人，又兼具思想的锋芒。她的诗看似率性而作，但又往往出自经验的历练，并以独到的视角和语言表达给人留下深刻的印象。她没有辜负她的岁月和才赋，源源不绝地从她的人生旅途中迸溅出诗的火花。

——王家新，著名诗人，翻译家

数十年后重拾汉语，在谢炯那里，它也许已变成秘密的声音。而以自己的母语面对异域的生活和思考，吐露不为人知的秘密，则带着常人所不及的异样之美，构成了汉语中独具风貌的另外的支流。

——胡弦，著名诗人，《扬子江诗刊》执行主编

不久前，在机缘巧合下我读到诗人谢炯的一些作品。对我来说她是一个新的诗人，有成就好诗的潜力。她的诗从东西方两个世界的生活中汲取创作灵感，我期待读到她未来更多的诗作。

——乔治·欧康奈尔（George O' Connell）
美国著名诗人，聂鲁达诗歌奖得主

谢炯的诗，超越空洞的抒情，突破感觉的虚幻，直抵现实与存在本质，这在女性诗歌之中，是一个异数，也因此确立了其独特的风格。

——李少君，著名诗人，《诗刊》副主编

序 言

我在2014年年底写下第一首诗时，已人到中年。当然，这之前曾经写过，但那是在懵懂的青春时代，而且也只草草写过一年。从1983年进入上海交通大学加入文学社，写到1984年就停止了。即使那时，我也从来没有自诩为诗人，或者把诗人设立为人生的目标。1984年后的整整三十年之中，我没有写过诗，没有产生过写诗的念头，甚至都很少读诗。和大多数人一样，我偏爱读的是小说，爱看的是好莱坞的精彩大片。我只能说，诗之于我，也许是冥冥之中的定数。与其说我找到了诗，还不如说，诗找到了我。而这中间，横亘的是三十年的沧桑岁月。

2014年12月11日那天，一个大学时代文学社的朋友突然出现在微信群，谈到诗，并且贴了一首他的诗。他还记得我从前写过诗，并且还记得连我自己都毫无印象的那些我曾写下的诗句。当时，我刚进大学几个星期，住在交大的香花桥分部，他手里抱着一堆传单来为文学社招兵买马。我从小热爱文学，平时经常写些散文。因此第二天，我就拿着传单到总部校园的文学社去找他，跟着他写起诗来。1984年夏天，我的日记被查抄后得了处分，我发誓再也不写诗了。我烧毁了所有手稿，和他断绝了来往，后来，也渐渐忘记了自己到底写过些什么。1988年离国留美后，忙于生计，和中文也是渐行渐远。没有想到，青春时代的诗友会重新出现，而且出现得如此突兀。

那天晚上，天下着阴冷的细雨。每天下班，我都穿过哈德逊河边的一个公园回家。这个公园旁边有个美国最著名的诗歌屋，我却浑然不知。平时熙熙攘攘的公园，那天因为下雨，杳无人迹。潮湿的灯影中，城市既熟悉又陌生，我站在滚滚而去的异国他乡的河边，用我已经很生疏的中文写下三十年后的第一首诗：在雨天/在暗夜/再喧闹的城市也有一条幽僻的小径/在江边/蜿蜒/总以为我不会迷路/你却在记忆深处/等待我再度路过……/还记得我吗/三十年前我们吻别/也是这样的雨天/你问/当然不记得/我说/爱过太多人/太多的离别……/你相信吗/第一道伤痕/总是刻得最深/在雨天/在暗夜/心碎是无法回忆的过程。

两年半来，我写了四百余首诗，本集一百二十一首是其中自己认为还过得去的一部分。诗是一条没有尽头的长路，我告诫自己一定要努力了再努力，松懈和自满历来是艺术家的坟墓。从某种意义上来说，我是个非常幸运的人，一开始写诗，便已有了整整三十年的人生经历作为铺垫。对我而言，诗是表达，更是总结。世界上，还有什么比诗更完美的语言可以用来总结自己的一生吗？还有什么比失而复得更彻底的幸福吗？诗，对每个诗人意味着不同的东西。对我而言，确实是一份上苍的厚礼，能写，我已此生无憾。

2017年9月3日　纽约

目录

第一卷　请教了风，大海，光和月亮

第二卷　坐在屋里听鼓

第三卷　六月的雪从梦中突然惊醒

第四卷　我之于你

第一卷　请教了风，大海，光和月亮

请教了风，大海，光和月亮

请教了风，大海，光和月亮
请教了远方的长笛和第一个吻
请教了下午五点的钟摆和最后的交会
在枫树林的叶片之间
我轻轻地轻轻地摩擦空气和黄昏

请教了哭泣的水，下雪的心
黎明前鸟折断的翅膀
请教了南方的热沙和绣球花
请教了冰冷的脸和银子般晶亮的眼睛
黑夜在龙舌兰的嘴唇开放
山坡上的小屋子一间一间熄灭灯光

请教了生命中不能承受的轻
以及无法举起的重
请教了鼓声中嘶哑的呐喊
和骨骼间拔不出的匕首

请教了流泪的蜡烛和不再认识你的记忆

染红的酒杯碎裂四肢平坦的睡眠

我缓缓地缓缓地点落星辰

2015-9-25

回忆

回忆
有的很
有的很甜美
有的掉了轮子
有的穿着风衣
有的裸露
有的是一条弯曲的小巷
通向一扇带锁的门
有的是散漫的西风
翻滚在缤纷的梧桐落叶之中

回忆
有的存在
有的虚无
有的是你不愿放弃的你
有的是你从未有过的你
有的是黄昏时分晶亮的窗

有的是牢牢拽住衣角的树枝
有的是扔进水池又捡回来的硬币

有的是
你陌生又熟悉的身影
突然绽放在眼前

2016-1-7

幸福是，突然找回这样一些东西

一只短袜

一吊金耳环

一辆带有黄色汽笛鼻的发条火车

它们掉落时光的缝隙

被遗忘在尘封的角落

必须被遗忘

才能被唤起

现在

你终于有了

一副成双的短袜

一对成双的金耳环

一辆奔跑歌唱的玩具火车

一颗为你跳动的心

2016-1-10

面对大海，花开潮落

谁能够解释海潮的节奏
鱼在天上排练的广播操
谁唱晚了夕阳
谁徘徊在波涛之上

谁能够描述海鸥鼓起的翅膀
贝壳通透的外壳里
洗不干净的浑浊
被脚印带去的沙子如何变得咸湿

谁能够预料蓝天的变幻莫测
能够怒斥大地上摧眉折腰的夹竹桃
谁又让激情的火烈鸟
从泪水涟涟的屋檐下再度出走

谁能够清楚地描述自己
谁有权利选择乞力马扎罗的雪原了却一生

谁又真的能够比无常的命运走得更快

面对大海潮落花开独往独来

2016-2-10

星期天

星期天　　　正午天

路上没有车　笼中没有鹦鹉　　我没有蓝色的手杖

　　　蓝色是蓝天的颜色

　　　蓝色是哀歌收集的冰沙

蓝色是石板桥下水花的尖叫

　　　男人和他的狗到处寻找

　　　那条属于他和星辰之间的小路

　　　我递上父亲留下的指南针

　　　他忘了道谢

星期天　　　　正午天

空气没有清香　梯角没有尘装　我没有饭糊的壳牌

　　　内部的碎片早已聚齐

　　　屋檐下每个故事都有概况

子夜里每条轨迹均被飞行

　　　女人和她的音乐盒子到处叫卖

　　　那两个穿白雪纱裙的小孩子

我递给她口袋里仅有的一百元

她忘了找钱

星期天

正午天

上帝放下铁锹

我停止争辩

2016-3-10

清明时节悼念父亲

死的时候你没有坟墓
天地成了你最后的归宿
死的时候你手上的青筋淡如细线
从我的世界鱼儿般静静地游走
我想象你和你喜欢的石头现在为伍
在紫花地丁和老榆树的山谷
你不用说话，你喜欢这样不声不响地
侧耳聆听杜鹃鸟的歌唱
你喜欢一个人静静地坐着
看着世界和世界上的红尘滚滚而过
你喜欢宽慰地想着我
在你怀里长成的那双翅膀
和我睁开眼睛对你绽开的第一朵欢笑
父亲，我知道你已与万物同在
你成为空气，海洋，山脉，和大地
你成为森林，沙漠，平原，和丘陵
你应该是无所不在的

你应该是伸手可触的

可是为什么我的泪随清明的细雨纷飞

为什么我又一再想起你活着的时候

2016-4-6

活着害怕什么

活着你害怕过很多东西：

害怕搬家时跳蚤睡进了新床单
害怕迷路后在同一条路上徘徊
害怕轮胎陷在雪地里发出无力的呻吟
害怕频道失灵走进黑白默片的旧故事
害怕水泥地掘开露出笑颜未退的骨骸
害怕得到树木的茂盛丧失远眺的可能
害怕拥有翅膀的勇敢遗落家的温暖
害怕去年的燕子今年在邻居家筑巢
害怕小孩子的脸变成青春痘的战场
害怕拉着的手在黄昏挣脱离去
害怕万物发出的窃窃私语
害怕爱着的人不再爱自己
害怕不再爱曾经爱的人
害怕一事无成
害怕泥沙俱下

害怕变迁

害怕失控

害怕孤独

伴随着长夜漫漫无尽期

2016-4-19

和大雁一起飞翔

霜降后，和大雁一起飞翔
枫叶造出的缤纷山峦，一带秋水浓妆
家在我背上
是的，我的路线早就写于辽阔的蔚蓝
我的目的地是南方

万里的迁徙途中，偶然驻足你的池塘
看见你的小鱼们在欢唱
是的，我也会低头一瞥的温柔
给你一个深情的晚上
可是我的目的地在南方，梦在我背上

和大雁一起飞翔
长途跋涉的疲倦不时使我忧伤
高扬的风鼓着我的翅膀
除了飞翔我不会其他
除了自由我不求其他

是的，明天我必须离开这片红树林
明天我必须出发

2015-10-16

我想这样过日子

我想这样过日子：无声无息
在厚重的窗帘后睡到午后
外面的事全部是闲事
外面的话全部是废话
外面的世界可以不搭理
我想每天早晨煮杯咖啡
黑而热不加奶加糖加泡沫
我想懒猫一般偎依在你怀里
昨夜的珍珠静静地躺在首饰盒里

我想这样过日子：与世无争
打开窗大声地宣告我的失败？
从年少轻狂到年老无知的所有失败
我想把结满灰尘的地毯拿出去掸掸
即使今天阴霾密布
我想去后院剪枝新柳回来
过几天可以绿得满屋葱翠

我想把地板擦上松香油旧树培上新土
再拧紧所有管道上漏水的螺丝

我想这样过日子：有条不紊
窗明几净地安置身前身后的事
写些文字给自己读过后叹气扔掉
写些文字给他们读过后大笑扔掉
写些文字给你们读过后痛哭扔掉
写些文字不给任何人读烧掉扔掉
然后混合樱桃啤酒蜂蜜生鸡蛋
放进搅拌机里打碎成粒压榨成泥
和我的心最终有那么一点相似

2016-4-20

苹果，我面对一个难题

夜编织完乌亮的发辫
远方公路上，车轰鸣离去
没有风，我独坐厨房
杀猪刀静静地躺在桌上

苹果，我面对一个难题
留你在空气中，早晚你会烂成泥
鲜红的表皮生皱，清脆的果肉发霉
蛆虫迟早会从你的果核中爬出

苹果，你又何以抵抗一场生命中注定的腐朽
送你进入冰库，你可以保存苹果的外貌
但是除霜后，你是否仍有苹果的味道
改变你的形状，切片晒干榨成汁捣成泥
当你失去原有的色泽和形体
我是否还能够继续称你为苹果

杀猪刀安静地躺在桌上

苹果微笑着问道

2016-5-12

我是

我是草和嚼草的羊

我是云和云滴落的水

我是篝火和篝火淬开的星星

我是枯树和枯树滋润的土地

我是暴雨和暴雨酝酿的彩虹

我是一只小鸟

拉着宇宙的衣角

站在街边的那家糖果店窗口

渴望一柄有图画的彩色棒棒糖

画满云篝火翠树枝

断断续续落下的雨

四月潮湿的青草地

2016-11-3

活了上百年

我感到自己老了，拔出的黑头发
有着雪白的根茎
我感到自己对外界事物的轮回
早已失去兴趣。关注缩小成两件事：
生与死，如同两根柱子
我是柱中间绳子上吊的一只旧跑鞋
掉灰， 如此而已

我爱过的人都渐渐远离，而我
开始渐渐忘记他们曾经散发的迷香
我并不关心他们去了哪里：天堂或地狱
我的存在只是一个偶然
我的消逝
如同呼出一口气

我每天烫平一些微不足道的皱褶
准备一份足够果腹的甜食

窗外，此起彼伏的炮声和风声
窗内，风起云涌的蝉声与笛声
我全都充耳不闻。我感觉自己老了
生与死：从一头荡到另一头

2017-1-20

半世纪的旅途

半世纪的旅途
生命以各种形状和尺寸进入你的脚步

穿一双水晶鞋你狂舞
魔灯下
心情是千变万化的转动
你时而戴上白雪公主的面具
时而又躲进黑色魔鬼的斗篷

穿一双雪靴你踩过
新雪上的松针和结冰的湖
跌倒了无数次后
你又站起来
松林里有间温暖的小木屋

穿一双跑鞋你到处走
世间的路拐来拐去多么雷同

你不看地图也不问路
衬衫里的阳光在风中荡漾
祈祷的钟声震响黄昏最古老的梦

有时你想过备一双绣满蔷薇的软底鞋
有时你想念母亲强迫你穿过的高帮鞋
有时你也穿夹趾头的拖鞋
沙滩上留下深浅不一的脚印
脚边发亮的海螺　潮起潮落

半世纪的旅途
总在一瞬间你突然明白
回到家　脱下鞋
黑暗中静静伫立在窗前
为自己倒一杯红酒
独醉到天明

2015-2-28

柳树

她久久战栗着，看一滴泪珠
嬉戏黄昏的镜湖：涟漪舔着浮萍，退隐向西
水瘦无声——

她久久地垂立着，寻找自己
昨日的脸

2017-2-7

艺术家

终于谈完钱和房子。我们开始讨论
爱情
他披散的长发
鬓角一根白的在烛火前飘逸
屋檐下有盘花灼灼

这回是真的，他说
上一回你也说是真的，我说
这回和上一回不同，他坚持
她见不到我会哭，她说她要嫁给我
为我再生一串可爱的小孩子

丰腴的葡萄在盘中突然翻了个身
露出青肚腩
我用尖头花梨筷追逐它
追东追西
你不相信爱情，他突然冲我发火。

我将筷尖戳进葡萄

儿子说他要打发掉那个女的
需要你给他一笔钱
我淡淡地说

2017-3-8

一到春天我就失恋

一到春天我就失恋

爱上一株桃花，它却恋上春风
爱上一棵杨柳，它却迷上小溪
爱上春风，它却喜和蝴蝶扑打在青青草丛
爱上小溪，它却把歌喉送给了远方的山丘
爱上细雨，它却时时赐我遍地的残红狼藉

一到春天
我就轻狂不顾一切
我骑马，我歌唱，我奔跑，我流泪
我失恋

2017-3-24

半坡上的小屋

最好静静生活
让往事从砖缝里长出
让青藤爬满我现在住的一间小屋

这昏暗的屋子，半坡上，荆棘丛中
梁上旋转的老歌
无处可去

风发出的叹息总被我听错
很冷了，这住久了的屋子
埋着无数飘雪的记忆

2017-4-3

访济慈

我一直认为诗应如你
步履轻盈地穿过青春。郁金香的嘴唇吐完
蜜后，倒在四月冷杉葱茏的脚跟
我一直认为爱应如你
风中如丝的秀发
玫瑰染红的墨迹
激情

我甚至认为诗人都应该在二十五岁以前死亡
在生活将一切撒上砒霜之前

我开始写诗太晚
年华已逝，我又能告诉世界什么
我爱过也失去过
却没有在其中得到任何训诫
草木山河人文历史
该毁灭的毁灭，该重生的重生

我早已无意展示

在异乡
我有一间小屋，冬暖夏凉
母亲老了，儿子大了
我的自言自语无人能懂
只有我的孤独和你是一样的
1821年的冬天，雪正在花园肆虐
你咳出最后一口血并默念

大地的诗啊，永远不会停
大地的诗啊，永远不会死

2017-4-10

我走在苏格兰高地

我走在苏格兰高地
镇守要塞的城堡早已倒塌
乌云从山峦的鼻孔咆哮而出
只有马蹄莲的爪子紧紧扣住岩石的沧桑
只有走得很近才能感到荆棘的泪花
黑色瞳孔的海鸥发出被剥皮时的尖叫。

韦斯利先生从1933年走来拦住我
麦克高太太从1934年走来提醒我
水怪将从尼斯湖的幽密深处伸出颈脖
我推开他们，我推开他们
我走上高高的城堡，我见过所有的怪物。

国王戴冠的头颅掉落湖
皇后华丽的手镯掉落湖
野心和鲜血和妄想掉落湖
歌喉和玫瑰和欲望掉落湖

这冰川时期形成的黑暗的湖啊
吐气泡的珊瑚和微生物，熙熙攘攘
我们只敢在表面滑翔，等待
那只被城堡和湖水孕育的怪物。

我走在苏格兰高地空旷的废墟
这是一个熟悉的风景
教堂，带勋章的箭塔。切断夕阳幽怨的目光
岸边，一朵骄矜的水仙花总带有岁月的萌黄。

2017-4-23

织物

女儿将春枝从树上折下带回家给她母亲
“妈，瞧我给您带来了什么？”
母亲坐在洞开的窗口织毛衣，一朵花
从她瘦骨伶仃的掌心弹跳而出
母亲问，“这枝条能维持多久？
你为什么总是玩一些不能长久的东西？”

女儿将春枝插入细口花瓶，撅起嘴
“你永远都不满意，永远对我有意见。”
母亲从坐垫下抽出小泉牌剪刀
咔嚓一声将手中织的线头剪掉
毛衣散架在地

女儿看到母亲用的毛线
来自她小时候穿的那件褪色的粉红毛衣
她顿脚捶地，“妈，你这又是干什么？”
母亲慢条斯理地说

“这回我拆了毛衣，好好从头织起
将春天的脾气织进你。”

2016-4-24

真正的爱情

真正的爱情从来不复杂
剪一株红玫瑰　带刺带露水
可以是阳光明媚的早晨　也可以在正午
推开门说
我要你　你如果要我
今天晚上　我们可以

真正的爱情和海誓山盟没有关系
外面狂风四起　你路过我的港湾
总会为你点上一支蜡烛　捧上一杯香茶
第二天出航的可能是我
你忙着为我打一包行李　有刀和一把枪
几张发黄的唱片　在行李底
你将我的衣领竖起
不要哭　趁夕阳尚未西沉　立即出发

真正的爱情永远明亮

不由自主的微笑
奔跳在大街小巷

真正的爱情
孤独中也能成长
像沙漠里的仙人掌

2015-1-5

儿子

他在你的子宫里居住了十个月
满满三个季节，抖落了千姿百态的梅花
他用脏了你的床
半夜，在你的最深处狠狠踢了一脚

他的棕色的眼睛，绽放光芒的无邪
赤脚，在你前面踉踉跄跄跑着
突然被石子绊倒时，他
回过头来，满噙泪光找寻你惯有的微笑
他在你的故事中是个淘气的猴王
火眼金睛却常常逃去远方
你在他柔软的耳朵里吹进紧箍咒
你吻他，他故意用手背擦去你留在他脸颊的
湿润，只为了得到另一个吻

他有所有小小的狡猾
也具备所有小小的勇气。他的小小的心里

珍藏着无数手工做的小秘密
有时候，他允许你看到
但更多的时候
他假设你已经知道他的心事
第一天去新学校的途中，他安静地
走在你边上，仿佛辽阔的大地上只有你和他

他从读书的城市回到家的那天
潮水蔓延上贫瘠的沙丘，草木深茂
他坐在餐桌边，狼吞虎咽
身上泛溢着青青的兽光
你走过去，抚摸着他新剃光的头发
他脖子上的肌肉突然僵硬如水底的卵石
他从口袋里掏出女孩的照片，默默地放在
你面前。你从未见过面的媳妇
妩媚而坚定的眼神

那天，你又被他
在你身体的最深处狠狠地踢了一脚
恰如二十四年前那个星灿月明的子夜

2017-6-4

海市蜃楼

某些时候，光变起魔术
使我们深信
自己行走在广袤辽阔的天空之中
并且正走向蔚蓝的海子
地平线平绵，山峦近在咫尺，休憩站
伸手可触
只有回头才知道
我们已走过漫漫长路
只有不再瞭望才知道，等待我们的
将同样是漫无边际的前方

2017-6-17

草地上的胖女人

六月的草地飞满吸饱血的蚊子
胖女人四脚朝天睡着了，一片叶子落进
鼾声，雪白的衣裙鼓风
我们假设她
梦想边远的鼓槌，野马和性
但她也有可能梦见的是雨中哇哇大哭的婴儿
我们对她的高尚和堕落一无所知
难道她真的曾经是蛇的好朋友
仅仅为了分享一口苹果
从东望去，她是多么透明平静
从西望去，她充满阴影的蛮力
如果我站在她的双乳之间，我将看到她
欲望的起伏吗?
她的旁边
瘦男人伏卧
整个脸埋在草地下面

一只吸饱血的蚊子漫不经心地望了我一眼

六月，最后一天

2017-6-30

磅秤

这个傍晚令我感到滞重
空调机持续轰鸣如不甘心被冷落的苍蝇
我拿着一块擦布
不时好奇松木书架召集的灰尘
四方的床脱下床单
头发蓬松肌肤雪亮的女人毫无顾忌
镜子前站立着空空的行李磅秤
有人不断在盐里加勺盐
尽管我毫无去远方生活的规划
我随时可以出发
没有任何事物我能够带走
除了尚未超重的自己

2017-7-2

迷路

儿子的双手
紧紧拽住黑色的方向盘
滚动的热浪，在前方的柏油路面
烫出一小片汪洋
金黄的麦田深处闲置着生锈的红色拖拉机
他扭了扭僵硬的脖子问道
我们是不是开错了路
刚才好像就见过那辆拖拉机
我说我没看路，方向盘在你手中
你为什么不好好为我指路？ 他责怪道
我说也许我们没开错
儿子从镜片后面朝我瞥了一眼
还说没错，肯定错了，太阳不应该
在我们前方，雪山不应该
在我们左方，我们的目的地在西
而我们却朝着东方一路傻跑
我问他怎么办

掉头开回去吗？

儿子摇摇头固执地说不

开得太远了，我们必须找到另一条道路

他挺起胸，继续前行

我摇下车窗，吸入深夏大麦成熟的芬芳

儿子，这对我是多么的难——

在我了如指掌的大地上

任由你迷路

2017-7-7

天桥上的行乞者

一个年轻男人
坐在我每天路过的天桥上
盘腿席地，每天一样的姿势
读血腥的晨报
讨钱

有时我给他五元，有时给他一分
他总是说，“祝你长命百岁！”
他灰蓝的眼睛清纯无比
从不涌出夏季天空常有的阴影

假设他是残疾的，偏偏在雨天
我看见过他四肢灵活地腾空跃起
将自己
挪到另一个角落
假设他身体里躲着个疯子
他俊秀的脸平静理智

他总是对每一个给钱的人温和地说
“祝你长命百岁！
祝你长命百岁！”
好像这该死的生活值得我们
日复一日守着过

有一天我走出天桥
踢翻了他盛钱的纸杯
发着锡光的硬币滚了一地。失踪了几枚
我看着他
问，“你，是不是在体验生活？”

他诧异地看着我
掌中的五分硬币从反面转到正面
又从正面翻回反面
“什么是生活？”
他问

2017-8-5

我所有的朋友

我所有的朋友
全都盘桓在死亡中不愿回到阳间
他们说，活一次足矣，活一次足矣
绝不重蹈覆辙

我怀疑那是因为我的缘故
他们才对生活如此失望
拨开云雾般密集的矢车菊
我轻轻地，轻轻地将脚尖探入阴间的流溪
偷听——他们戏水的声音
和咯咯的笑语——他们总得证明
总得发出一些存在的意义

朔风中猎猎作响的一面白旗
乌云上螺旋塔袅袅升起
我所有的朋友，站在塔尖，呼风唤雨
他们大大错估了自己

天空被绛红占据

宇宙运转不灵

我一路跟踪他们到藏书库

轻功加身，飞檐走壁

他们正襟危坐揭开发黄的簿册时

我跳檐逃去

唉，死一次足矣

死一次足矣

2017-8-16

八月，我是一道开裂的伤口

八月，我是一道开裂的伤口——
蜕去女人的表层，坚固
女人的内核。夕阳中的沉沉落日，对世界
无需存有戒心，一刀刀削去的
不过是黄昏

夜，何必假装神秘，请交出所有的谜底
请赌上所有的星辰——我可以交出嘴唇
刀锋和笔记本

生命的新陈代谢啊！灵魂的阴晴圆缺
盛夏，万物张狂——
高大的树，高远的叫声，高昂的头颅
谁说过，“盛极及衰，乐极生哀”？
谁又不是一道开裂的伤口？

八月，我走过热风中发酵的城镇

如半面落日

如一道滴血的伤口

2017-8-17

祈祷

不要给我森林
给我种子

不要给我成功
给我可能

不要给我祭坛上的羔羊
给我割破脐带的刀镰

不要给我太阳
给我漫山遍野的向日葵

主啊，让我重复一遍
再重复一遍

不要给我爱
给我爱的勇往直前

2017-9-3

第二卷　坐在屋里听鼓

秋天，一片叶子的忧伤

秋天
只剩忧伤
牵着一条老狗从林荫道旁走过的忧伤
果壳剥去时间懒散在地的忧伤
船在港口抛锚的忧伤
风在书页停留的忧伤

秋天，以一种瑜伽般金黄色的忧伤
倒立在葵花胸前

秋天，一片叶子的忧伤
没被邀进画布的青苹果的忧伤
衣袖随金沙起伏在长河落日中的忧伤
回想不起开初那一个词的忧伤
做完了爱达不到高潮的忧伤
破旧的管风琴呜呜作响的忧伤

秋天

满目落红的忧伤

你上马前最后拥抱的忧伤

枫树林上空火焰般燃烧的忧伤

2015-10-4

景泰蓝

来自景泰年间的一片青铜
缠花枝头，铜胎掐丝珐琅，月蓝色
纯净如初
轻微而细腻的破坏力
停留在瓶口的那道刀痕
瓶中有海
有浪

2016-6-6

雕塑家

雕塑家生前
用掉一把祖传的凿子和半座山
把所有流动的
凝固在光洁无瑕的大理石体内

他唯一无法雕刻的
是心的时速
地狱和天堂之间的穿梭

2016-7-27

八月

海水明亮
卷层云卷起的柠檬树
滴落雨珠

悬崖峭壁上总是站着一个人

总是一个人
站立着——

面对八月怒涛
面对碧蓝转深
面对闪电的鞭子
从遥远的苍穹
呼啸而下

2016-8-2

有关永恒的秘密

总是掏空

尸体掏空成为木乃伊
泥胎掏空成为景泰蓝
鸟雀掏空成为博物展
信仰掏空成为道德经
爱情掏空成为纪念碑

你手上永远玩着一把掏空的刀子
却犹豫
从何处刺入

2016-8-8

雨夜，空凳

这些雨
痴迷地纠集在树叶的掌心
又在风的勾引下
轻易离去

这些树，有着复杂的学名
被统称为榛树
它们被时间磨砺过的身躯有着扎手的
粗糙和暴戾

这些鸟，每一年来树上筑窝
被统称为天堂鸟
它们叽叽喳喳用榛树干理顺羽毛
又在月亮的媚眼中乱舞

我的来自榛树的朽烂身躯

今夜

无人来坐

2016-8-12

春田镇

小镇在白格子窗红砖冬青树后
细嚼慢咽对陌生人的怀疑
草地割过后，草籽天女散花
割草机上的墨西哥人不断打喷嚏
身穿瑜伽服跑步的姑娘不断喘气
教堂朴素，门口停一辆敞篷的法拉利
人们鱼贯而出，进入
星巴克和晚夏疲沓沓的笑容
南山上另辟一条小路通向不可言说
一双警觉的眼睛轻撩起百褶窗帘
隔壁搬来的中国人发出的巨响
早已惊动一条德国狼狗的喉咙

2016-8-20

在电梯里

我们密集在一栋房子里，又
从房子密集到一部
电梯里。看不见的电缆
托住我们不由自主朝地心的堕落
我们交叉双手，密集思想
来不及驱逐乌云
或者
制造雨。没有制造成的我们
在鲍勃迪兰的屋脊上翻了个滚，太阳
升起
密集而匮乏

2016-10-14

站街女

她的痛苦无法解释，她解释
锦缎袄劈劈啪啪地抽芽，活像
十三岁那年她爹手中的鞭子。要知道
她走过无数的城市乡镇，早已具有羚羊的角质
面对一个男人的无情
瞬间
开成了罂粟花

她出卖肉体的时候
不小心
也出卖了一次灵魂
她是这样对我控诉的，还撩起棉袄
露出肚脐上那道高高低低的疤
没事，都长好了。她告诉我说，小时候
地埂比这龇牙咧嘴的难看多了
我问她，现在，灵魂去了哪里？
她嘻嘻哈哈道，姐姐姐姐，男人们的灵魂

都在我这里收着

而现在， 寂静降临，在天堂
上帝缺席
我听到轻轻地啜泣，低低的，远远的， 轻轻的
从秋天的红高粱地一路跑来，她的灵魂
一脚高一脚低

2017－1－16

洗窗者

856号，856号
有人在叫
董哪里知道他们在叫他
他的头，垂在昨夜的睡眠中
紧紧捂住自己，仿佛半死不活的荞麦穗

有人叩他，将他推入审问官面前的
空椅子
他看看这，又看看那
可是他们谁也不看他
嘀咕半天后，翻译官对他说，
“你可以走了
2029年再回来。”

董靠在大厅外的墙上
手里紧紧捏着
五张散发出浓烈甜酸酱味的大票子

他压低声音问翻译，
“真的要等到2029年才能处理我的申请？
您说这咋办？”
翻译官低头数着钱，
“慢慢来吧，既来之则安之。”

董扣上蜜橘色的头盔走进电梯
八十五层楼，一层连一层
泼上肥皂水的窗，仿佛他老家后院
那条泥泞不堪的黄河
流着——
不停地流
不停地流
流去那些曾经的荒唐

他的疲惫的脸
映照在没洗干净的窗上
一只细腿的蚊子撞在
没洗干净的窗上，出血，跌倒，死去
世界上有多少洗不干净的窗？
世界上有多少窗需要洗干净？

在十三层楼

董惊讶地发现

审问官正端坐在办公桌后面练书法

董敲敲窗，满脸堆笑

审问官朝窗外麻木地望了一眼

转过身去

摘下黑边框的眼镜

“他一点都没看见我，他怎么可能

看不见我？” 董心想，

“也许窗太脏。”

他用滚烫的呼吸

洗了又洗

洗了又洗

又洗——

仿佛他是一朵路过的云

高高地悬挂在

没洗干净的窗外面

2017-2-19

杀狼

男人横刀立马于老狼鼎记铜钉门前
厉声斥责刚走出门的女人
“不要脸的无情货，想想那只可怜的小羊羔子吧，
被你剥皮穿在身上。”
女人倒退数步后终于站定
“我穿的不是真的毛皮。”她高喊

嗷嗷嗷，像你一样，羊羔是真的

女人乱了方寸
膝盖骨撞倒热烘烘的街灯具
她暗中思忖，岂有此理的东西！
敢情他的羊在夜里被狐狸叼走
或许他，是那种神经质的动物权益维护者
怎么说来他都没权利对我撒野
我爱穿皮草与他毫无关系

嗷嗷嗷，像你一样，羊羔是真的

女人爬上寺庙冰冷的台阶
在闭着眼睛的菩萨面前脱下毛皮
从她里面，滚出来一只嘴角流血的小狼
刚被男人一刀砍死

2017-3-6

巨石阵

金黄的油菜花田，乌鸦无声
掠过。天空，重重地
跺下几朵白云——
一堆来路不明的巨石，因不食炊烟
成为神迹；此时
人们正高举明信片大小的手机围石环舞
像一群蛾子膜拜电光灯。而我们
沿着斜坡溜达，两匹离群马驹
满嘴鲜嫩的野菊

2017-4-11

凤凰

那天在凯普里岛的东端
我们紧贴悬崖看海
落日绯红如发烫的脸颊
你指着空中的瑰丽城堡
你说那才是你毕生想去的地方
我问你何故等待至今
你迟疑良久后问道
难道海市蜃楼也有云梯通达

那天黄昏我们变身凤凰
一跃而入向往已久的城堡
脚尖触地那刻你的兴奋却被焦灼吞噬
你说你飞得太仓促
一串金色的诗不慎失落海中
现在你将永远无法完成你的诗
你垂曳的双翼深入城堡的影子

海突然站立起来

空中出现一面巨大的镜子

镜中是你波澜壮阔的诗阵

你不相信你的眼睛和那些奇妙的字

你低下头时

凤凰早已展开金红的翅膀

一首诗在爱琴海上翱翔

2017−4−7

奥斯汀小姐

早起的薄雾在田野等候
她灵活轻盈的脚步

黄澄澄的勋章菊在溪边等候
她光洁白嫩的纤手

大咧咧的金钟花在教堂后等候
她拒绝贝格韦先生轻吐的狂言

短嘴鸭在旧磨坊的水车边等候
她不肯出嫁的消瘦身影

羽毛笔在书斋的墨水瓶里等待
她千绪万愁的那一个薄幸男人

而等待最长久的是一只1817年的乌鸦
它目不转睛地蹲在墓碑上

“放下你的理性与感性，傲慢与偏见

简，放下，由后世去评。”

2017-4-16

坐在屋里听鼓

原来有些登山计划的
现在全部取消了
早晨起了大雾
天色猩红

坐在屋里听鼓
东方的雷电赶上了西方的阵雨
谁是谁的总统

老母亲又在忏悔了
半个世纪前犯下的错误
譬如生下我
使得爱与被爱同样沉重

原谅我在五月写不出好诗
五月过得仓促
我刚学会哭

2017−5−6

安娜

在他诱惑的凝视下

她的身体里袅袅地走出安娜·卡列尼娜

黑纱裙摆上翻滚的欲望

雪白的齿咬破精心设计的人生

太阳徐徐东升

而他身后用蜜糖和黄蜡粘封的一对翅膀

渐渐弯曲

2017-5-10

雕塑

有一个人
一直坐在开裂的旧桌旁
他宽大厚实的双手，劳作的手
握的却是钢笔
他几乎不说一句话
我围绕着他，弹着蓝色的钢琴
弹着四季多姿的圆舞曲
他坐在高凳上
一言不发

2017-5-23

借光，现在几点

滴答声还在
上过发条抛过光后
六颗水钻化妆了的时间
恰巧慢了五秒
今天下雨，居然又快了十秒
我使劲摇了摇
又用断掌劈了几下后
它肚皮朝天
雨雾中，有人探出脑袋
借光，现在几点？

2017-6-6

羚羊谷

一

羚羊谷里挤满观景的人
可是你们从我的照片中看不到他们
窄缝间注入谷底的天光
把他们碾成了红沙
你们看不见他们

二

岩石吸收了过多的热烈，终于
大象般沉重地卧倒在
暮色苍茫。落日
橙黄，如剥开的金橘
狼烟，在遥远的地平线垂直升起
鹰一意孤行
一意孤行地将天地尽收眼底
而一个以鹰命名的人
正在为一辆熄了发动机的汽车

叹息命运不济

三

每一块岩石都曾对水说过

你对我毫无影响

每一滴水都假装不知道岩石的傲慢

继续它的勾当，继续滴个不休

亿万年后，我们蹚水走入窄窄的峡谷时

它们还在争吵

2017-6-23

光明

在一群戴着墨镜的人中间
走着一个盲人
我们无法从表面上认出盲人
因为他被迫戴上墨镜
当所有人看见过滤的五颜六色时
他看到的是一团漆黑
后来，暴雨来了
所有的人一起摘下墨镜
盲人抬起头迎向雨
他说他看到了
光明

2017-7-13

井底之蛙

有时候
我想做一只井底之蛙
一辈子住在青苔覆盖的
寸尺之地，一辈子只见一方世界
渴望一朵白云
为我遮挡刺目的阳光

当你说，你走过五湖四海
最高的山峰，最深的峡谷，最远的海岸线
当你的脸，出现在我
变幻莫测的天空

我想做的不过是一只井底之蛙
在深渊，抬头摄入
你的全部

2017-7-21

母语

原谅我
走进你蜗居的家。原谅我
从油烟熏黑的钩子上取下锅碗瓢盆
叮当作响。原谅我淘米，洗菜
擀面，剁一大砧板葱花
原谅我二话不说炒了盘螺蛳肉
拧开瓶杨梅酒。原谅我
坐在你雕花的蚊帐中，和你的影子
聊起隔壁人家的水仙花

原谅我打开你的前厢房
将晒干的衣衫和格子被单从竹竿取下
江南的烟雨无法预料，秋老虎才出生
就会咆哮
原谅我噔噔噔跑
上到亭子间，明知道橘子树结的果仅用于观赏
原谅我从玻璃桌面下抽出邓丽君

送给那只波斯猫
哦，它跟着我上了楼房

原谅我躺在你躺的那张竹篾
原谅我望着你望的那轮圆月
原谅我点燃你蓄了一冬的檀香
在你写了一生的梅花里
走回自己的老家

2017-7-22

捕梦网

我经常好奇

如何将梦捕捉进网
野水牛知道，闪电知道
印第安人更知道
他们将皮条裹制的网高挂在图腾柱顶
秃鹰和乌鸦的长羽毛生动地
飘扬

好梦漏过网
噩梦呢？
那些美妙绝伦的，生动精彩的噩梦
它们又去了哪里？

血红的河，漆黑的夜

一只纯银镀过的碧绿眼睛的猫

它去了哪里?

2017-7-23

玻璃门

一扇玻璃门
骗了我
我以为它不存在
　　　它　却在那里

整个过程是这样发生的：

它假装是一个虚无
一种完全彻底的非存在体
它假装成天空的一部分
　　　你的一部分　等待你　击败你
如同击败一只瞎眼的苍蝇

如果这招不灵　它便狡猾地
用玻璃门后的五颜六色来引诱你

你以为你可以轻易抓住这些

抓住你自己

何等

轻而易举

你撞上它　前额疼痛无比

证明的却不过是

它的

　　　　真实性

2017-7-25

到站

有个人
从我的家乡来到纽约
他关心地问我，是否
满怀游子的乡愁
是否心系二十九年前我离开的那块土地

他问的时候
我们正坐在纽约A号线地铁中
车厢晃动，正离开一个站台，迅速驶向下一站
车厢广告牌上，一条春风莽野间的嘉峪关长城
跟着我们向前奔驰

后来，我站起身
拉住车厢中的银色金属吊环
回头朝他挥手告别

到站了

2017-8-2

车链

车链发火了，哗啦一声
脱出——
早晨出门，我忘了给它上油

前轮说，拽啥?
没有你，我还是鼓鼓囊囊一个圆
后轮拍拍自己道
我也十分完整

车链咕嘟咕嘟赖下水泥地
一点没错，但是
没有我，你们不会在一辆自行车上
你们更不会一起前行

2017-8-18

高跟鞋

一双高跟鞋
在芭蕉叶下，五层楼的窗台边上
三寸高，形如钉子
我看不见那个穿它的人
但是能够听到她笃笃敲打大街的石板地
前来旅游的燕尾鸥，被她的坚定
惊了一下，惊起——将翅膀
插入黄昏

2017-8-18

台灯

台灯照亮的字
都是它不认识的
还有些——因为印在带金边的白纸上
被它认作千古的真理
它谦逊地弯着腰
不敢眨眼，或东张西望
它为自己的目不识丁深感内疚
——有人伸手关灯
寂静中它听见字在纸上四处流浪
没有它的照亮
一夜间
他们全成了孤儿

2017-8-19

大沼泽地里有两棵树

大沼泽地里有两棵树
五十年前的一个夜晚
被同一道闪电击中
它们以同样的速度，同样的力度，倒向彼此
枝丫交锋在半空，剑光咄咄
——啮合入骨
天空被削出了铁锈色的血滴
黑水沦陷

今天我看到它们时
除了根依然扎入各自的秘密
躯干已合为一体
连秋风中瑟瑟发抖的椭圆形叶面
都惊人的相似——它们依赖得如此
之深，如此之深啊！
仿佛不再有独立存在的可能和必须

今天玛丽和比尔也在看着它们
玛丽说，五十年前我在树下认识了比尔
比尔说，那天下了夏季最后一场暴雨
他们向我作别后
手牵手走入丛林深处
秋风中，两只顶冠白络的苍鹭惊起
一掠而过

2017-9-11

第三卷　六月的雪从梦中突然惊醒

烟花江南

江南，是一柄折断的油布伞
遗弃在潮湿的梧桐落叶间
盛满昏黄的灯光

江南，是身上那件黏黏糊糊的
尼龙衫，脱也脱不下
晒也干不透

暧昧不明的情怀
糜烂的茉莉花香
我的江南，是无数的心事
化作了彩蝶萦绕着梁山伯与祝英台

高谈阔论间
唯有江南的男人才能听出深藏的乡音
散会后他走到你身边悄声问道
你好像是那个城市的人

以前住在哪个区哪条弄堂

有没有见过一块油菜花地

坐过那条月光下的乌篷船

记得我还有一张旧船票

江南，是那绵绵无期的思念

在烟花三月的日子里弥漫

在柳岸花明中荡漾

2015-3-6

随风而行

清晨出门

我随风而行

生命可以是一份静寂

心已自成一段歌曲

再度到达榕树下

十字路口总站着那个问路的人

到天涯怎么走　到地角还有多少距离

我微笑不语

随风而行　摇曳不定

没有我想达到的目的地

更没有什么途径

每条路旁开满同样的荆棘花

每段旅程都有不同的悬崖与平地

随风而行　我不需要方向

生命本来就是一个精彩

我在路上

我存在

随风而行　不带走一片云彩

和舞蹈的斑驳树影

走过

走过

2015-2-10

听箫

见那人在风中摇
婀娜多姿
你忍不住吹起紫竹九孔箫
马鞭，在树梢
穗红得俊俏

空气被你吹成鸟的形状
夜被你吹得半明半暗
人被你吹得静悄悄

月亮被收走了
雪融在池塘里了
细密密的雨洒下来了
青青的草一寸寸从脚底插长了

你停箫，叹一口气
离去

2016-1-4

北方

北方　　霜刷白坚硬的土壤
天空　　　　　高远　晴朗
来不及迁徙的小鸟
躲在熊皮里的呼吸　滚烫
发一点烧　思绪迷茫
读一本意义不明的书　和桃花岛主
磕磕叨叨世间的话
僵硬的手指掰开往事　转身走进
空寂的停车场
在北方　　风暴之后
依然有阳光

2016-1-27

夏日的葵花小笺

一

早晨

炎热也漠然

风浪是白色的裙摆

桌上铺满他人的麻烦

生活死亡后化脓去骨的残骸

我莫名其妙地唤醒一朵莲花的

歇斯底里和惨淡

二

恐怖躲在恐怖分子后面

红色躲在饱满的草莓后面

伞躲在太阳和雨后面

我躲在自己翻江倒海的怦然

心跳后面

三

黄昏时分

光明恍惚

我从尘封的书架上

取下一张脸

戴上

四

那张似曾相识的脸

那个洞察秋毫的眼神

那份恍如隔世的熟悉

对岸

暴雨突然

野鸟般呜咽起来

一条毫无畏惧的船劈开波浪

驶进灯光的无眠

2016-7-1

摘果者

无处不在的虫鸣魅惑果子
不用采摘，凭借自身重量
从高枝轻弹落地
迅速地化成肥沃的泥土

我不为这样的坠落难过
但我仍然期待她高悬枝头
等待我的采摘

她的孤独，完成了我的采摘
我的采摘，护佑了她的完整

2016-7-12

废墟

走过的
曾给过惊鸿一瞥的
可曾有过完整的容颜?

我无法控制的是
想象的
疯狂车轮
在似曾相识的松坡上流连

离开我之后的他们
现在，和不同的玫瑰憩息着
我的黯然神伤
他们在另一个完整的世界里
视而不见

2016-7-25

梦想时分

活到一百岁一半的那天
突然被梦想笼罩
清晨的烟雾
在曾走过的街道
飘荡
想象你从来就是我的
想象你能满足我的一切
想象你从来就在那里
看着我的起落
我的狂野
和孤独的絮语
骑在奔驰的宝马上
周围的世界越来越小
没有目的地地飞翔
越过一茬茬红色的罂粟花

2015−1−15

走在时间之门中途的奇遇

时间之门，耸立在月色如银的沙丘
我放慢脚步
生怕惊动它那短暂开启的裂隙
（是门就有锁，我深信）
像水上航行的船，走着复杂的曲线，我故意
踯躅前行

一只乌鸦突然拦住我
它苍老的脚爪揪住我和电线，喋喋不休
我说，“让开，你啰唆什么！”
它从眼眶里拉出一只安有弹簧的蓝色眼球
“很惊讶你不认识我。”
它吹去眼球上的泪水，
“在时间之门的另一边，
我是你认识的一个人。”

我半闭眼睛

假装进了风沙
瞳孔中的乌鸦愤愤不平地啄着电线
酷暑熊熊燃烧，从近到远

它扯住我的项链问，“你去哪里？”
我说，“让我走，我已看见时间之门。”
它松开手，大吃一惊，
“你为什么还要去时间之门？
我不是已经来到这一边？”

“趁门还没被锁住之前，”
我说，
“我要穿过去，
成为一只乌鸦。”

2016-9-7

莫斯科不相信眼泪

日瓦戈医生说
一切都为时过晚

一只喜鹊吃掉了殷红的浆果
秋水被蓝天渗入
一排白桦树脚蹬木屐
穿过童话故事的残酷
路上到处乱走着沙沙作响的叶子
寒风，黑桃皇后，秋天
狐狸皮裘和那些为时过晚的
惆怅无数

我们看到的
不是白桦林，而是树
不是白桦树，而是叶子
不是白桦叶，而是沙沙的声音
不是白桦声，只是声音的影子

一切终将随风而逝！

莫斯科不相信眼泪

2016-10-25

旅途随笔

列车经过奇无
漫天飞雪

邻座的红胡子男人开始嗑葵花子
他无声地咬开瓜子
瓜肉进嘴后，瓜壳整整齐齐地排在
小木盒里——心型
羊毫毛笔描绘的油彩木盒
渔夫站在池塘中
垂钓一袭晚霞， 钩上的鱼噘着
厚嘴唇恳求渔夫
“放了我吧，我满足你的三个愿望
一，二，三，不能超过三个。”

红胡子男人翻开了那本普希金诗集
假如生活欺骗了你
你必定心急，你必定忧伤

何必假装镇静，让我们欺骗回它
——假如我们也能够欺骗自己
列车停留奇无，短暂的十分钟
和所有的停留一样
请不要随意下车

邻座的红胡子男人突然递给我
一粒葵花子

2016-10-29

上海印象

礼拜一 19：37

香烟味道，解释了这个城市的一切多余。多余的是我

多余的是梧桐枝丫间的记忆

混得不错

除了一个女同学没钱坐出租

婚姻还有，大家都有婚姻；分房睡觉，绝对分床

什么叫作爱情？这把年纪了最好不要言说荒谬

香烟的味道离不开被褥。下雨是经常的事

城市，本来就是昏暗的样子。你记得晴朗

是你的事

多余的是我的伤感，多余的从来就是我

一盏红灯在竹林后

变成绿色。请不要随便穿行，给你十秒钟

过一条宽阔的马路

银行卡上有没有钱很重要，外加一辆车

牌子你就不要追问了。同学们常常聚会
叨叨点陈年老事，谁谁谁，和，谁谁谁
曾经暗通款曲
多久之前的事，仿佛昨天的香烟袅绕
似乎还记得牌子
陌生的是我，一个过去的人，霸道地占据
亭子间的故事
阴霾的城市，被我的记忆睡了过去

多余的眼泪，往事
多余的风花雪月和残枝。重造，重造
拆光重造
挥不去散不尽的香烟味道，定义了
这个城市所有的阴郁气息
从一片修竹开辟的曲径，绕开车辆和限速
穿过
长长的桥廊和题名沁香的石头拱门
我全力以赴，自作多情，在这个城市
嗅一朵残存的栀子花

礼拜二　10：04

梧桐依旧斑驳，爱被黏在湿漉漉的雨之中
狂风却找不到黏稠的理由：桥归桥，路归路
我们生来就背负
这个城市的中庸，潇洒，练达和冷漠
空号——
不是很早之前就告诉过你
我无法在一个阴雨绵绵的天气里哭泣
雨水岂能冲淡泪水，谁说心只能在
猝死与衰老中挣扎
阴阳怪气的是这个城市，我的青春不曾苍白过
不需要霓虹灯的幻影
和幻灭
不需要你来告诉我
发黄的照片，发黄的唱片，散落在世界各地的
房子和小妾
戒不掉的香烟，挥不去的寂寞，送不出的信件
睁不开眼的离这里总是很远的
太阳

礼拜三　21：18

夜晚的猫和行囊
交叉在过道
血色唇膏，涂上血色唇膏
如果你想在这个城市的阴暗潮湿中招摇
必须拥有一管红艳欲滴的唇膏
夜晚提前来到，一口吞噬掉
彩虹花园，小南国，和雅诗情调
要住就住在黄金大道，左有翡翠路，右是珍珠道
她扭来扭去这样说话
侬来好勿好，没你就没劲
血色唇膏，涂上明亮的血色唇膏
迎接夜晚的提前来到

礼拜四　12：55

太阳悄然隐去
城市白内障的眼睛突然放出光芒
夜，披上紫金的衣裳
昨夜的心事滴落下睫毛
奇怪，这个城市也有月亮
不睡觉

你停留了片刻，傻瓜一样
在一扇即将成为废墟的门后，停留片刻
字被碎进琼浆
心啊，白鸽般依偎在我的手掌的心啊
如果我没有记错，曾在这道屋檐上徜徉

也许我不该告诉你记忆的下落
也许你不懂保藏的秘诀
也许樟脑丸和雪以同样的速度融化
也许血管外的血只是颜色不同
也许我早就知道
有一天我会再度站在这里
细听梧桐聚拢斑驳的夜色和脆生生的叶子

后天
后天

礼拜五　17：48
好吧，再见
被十二号台风和雷暴雨洗清爽了的天

再见！沉甸甸的落日
如玻璃罩中一颗生不逢时的杨梅

好吧
重逢，再见
再见，多一次重逢
让我再度蹑手蹑脚地走过
让我认远方为故乡
让我把故乡当作最远的远方悄悄向往

好吧，让我在告别前把你的
还给你。你要的
不就是我怀里那条香烟味道的旧手绢

2015-11-23

圆圈的舞蹈

落叶旋转　　　圆圈的舞蹈
空无一人的硬地广场
　　　街灯　蓝色魅影
忧伤打开的四面
八方

征服者在风中微笑
一片　两片　好多片
她们突然瘫倒
　　用了一个仲夏的
　　　　梦

流进深秋发僵的水
再捞起时
已是万古的愁

2016-11-13

对于翩翩离去的蝴蝶

你总是沉默不语，而你
已经说过很多，很多——

你说蝴蝶总是翩翩离去
她那不为人知的
缺陷，将更加无人知晓。你说蝴蝶
其实是动物
春天里，短柔毛的翅翼便预告了
她的蜕变与短命。你所有的心惊肉跳
都源于她有一双翅膀
而最让你寝食难安的却是
蝴蝶，她不歌唱

我看见白墙上色彩缤纷的影子
你的影子，寂寞了一冬
现在长出蝶的翅膀

2017-1-19

我需要的那么少

蓝莓在我指尖轻易流出红浆
风的长发丝绸一样飘扬
树不安分
整日嚷　她要翻过山头
山后面不过是转瞬即逝的绿意深沉

可是人在这样的日子里可以不理人
可以放开笼子赶走嘀咕不休的鸽子
可以打开窗扉扔掉几盆发霉的橘子
可以随心所欲地拔掉门框上的钉子
甚至可以顾镜自怜

更可以倒下去
在丁香和紫杉的花床上
倒下去

2017-2-12

年轮

桃红　微雨
写满字的纸在目击者眼中袅袅走过
被放生的燕如迟到的火车
呼啸而过
惊回首

木器上广大而深刻的年轮正在淡出
而雨不曾停过

2017－3－7

忆顾城

看这么大的月亮
我知道？他要死了

第一眼看到他戴着白布做的高帽出现时
我就知道　他把月亮偷了
后来听说他在激流岛上锯木头
月光倾泻在小酒杯里　被他喝了
他的妻子炸了春卷？
拿到市镇卖时全凉了　我就知道
他要死了　海风吹起？蓝花布？
月亮被轱辘轱辘卷入夜间的风暴
早晨起来　他手边的阳光不见了
我就知道　他的命运已与铁连在一起
他沉沉的眉心　将所有的木刺都钉入了血
将所有的花都埋入了海浪之后
这么大的月亮出现了？
我就知道　他要死了

那是很久以前的事了

现在的月亮都长得非常小

2017-3-14

爱

爱是一场孤独的旅行
一只鸟和它的影子的飞行

爱上无足轻重的泡沫　散发
百合花的香气
爱上一块
覆盖在大腿间的盐　每舔一次
虚弱就穿越血管

爱是一片沼泽湿地
断裂树枝的葬身之地

爱是一场深度抚摸
把骨骼里的寒气全部叫醒

2017-3-10

爱之后的爱：夜读沃尔科特

终临此刻，顿悟
提笔给每个过去的人写一封致歉的信
哦，我不期待回复

写道，我曾经深深地爱你
却不足以忘却自己
给予你激情，伴随你左右，赠予你一切
却无法给出全部的灵魂

终其一生，我所爱的人
不过是我自身的倒影：换句话说
就是那个不怎么美丽的另一半你
快！从书架上取下尘封的情书

发黄的照片，绝望的日记
将自己的画像从墙上撕下
逃吧！忘记你是谁

2017-3-24

远与近

整年，我在眼球起伏不定的旋转中
徘徊
如同喝醉穿着溜冰鞋

远方是否站着能载我过沙漠的骆驼?
我把眼睛眯成一条缝
原来是乱石嶙峋
为此我拒绝远眺
唉， 低头吧——
花笺上的浓情蜜意何时也模糊不清
手臂之外才存在信誓旦旦

验光师是位温和的中年男人
他说现在有种远近共用的眼镜片
上看远，下看近
他说我的情况有点特别

右眼近后远，左眼远后近
需要完全不同的镜片

这会儿，我戴上眼镜
看看他，又看看云
我看云时很近，我看他时很远
好在做梦时我摘下眼镜
好在做梦时我不用眼睛

2017-3-31

水母

带流苏的灵魂
独自在漆黑的深海里漂流
这温柔的杀手?
星光的代言人
身披长长的婚纱嫁给蔚蓝的死亡
或永生的透亮

2017-5-5

伤痕是风的遗物

伤痕是风的遗物
如同黑水是矿石的唾沫，有些草叶
无法被大地吸收
让给风
而当风也无法被大雁飞走时
让给逝水流年

2017-5-10

守夜人

只有你知道我为谁掬泪
在清寒的良夜里为哪颗星辰心悸
只有你可以浇灭
那烧红半个晚霞的烈焰
可是你什么也不说
你把夜的秘密折叠整齐
放进一个琉璃球染的靛蓝百宝箱
月亮在窗外，正费劲地解开
一只结构复杂的中式窗锁

2017-5-19

雨天，路过一丛灌木

一

早晨

从一株灌木旁走过

青翠的叶面，鹅黄的叶背

还有六角朵瓣的花蕾

缀着泪珠

傍晚，我再度从灌木旁走过

她还是在哭

我惊讶地发现

那是同一颗泪珠

来自同一个萦绕的梦

从未干过

二

在一滴雨珠里

我看见你精心设计的一个阴谋

微微颤抖的晶莹

以你的空

占有云

三

爱它

便被它勾出痛来

这雨中青翠的灌木丛和远山

一起压迫着我

四

居然

2017-5-22

六月的雪从梦中突然惊醒

六月的雪从梦中突然惊醒
雪白的臂推开松针被，揉揉眼睛
窗外只有滚圆的大地
星星，销声匿迹在雾霭深处

仿佛一群戴面具的贼
眨着亮晶晶的锐利
谁在说，给了你爱就是要你给还
给了你命就是让你偿命

饶了一大圈你还是开脱不了自己
你又何尝开脱过自己
你又何尝在乎开脱了自己
雪起立，丛林里的鹿还在演戏

六月的雪拖着装满铁器的马车
戴镣铐的手在推，戴镣铐的脚在踩

这雪尘飞扬的苍穹之路

这翻倒了的空虚

2017-5-26

登山时，我总是选择最远的一条路

登山时，我总是选择最远的一条路：
崎岖，陡峭，绕着山峦
我胆小，不具备攀壁勇猛直上的勇气
我贪心，总想在沿途多看些风景
峰后面的峰，谷后面的谷，不同的岩层和植被
我喜欢在山道的拐弯处
看见松鼠蹲在树桩啃果子的专注模样
我喜欢清泉绕过苍老的树根，一朵云
横在路中央
圈住曼陀罗的疯狂
我走走，停停；停停，再走走
连展翅高飞的凤凰都无法勾起我加速的愿望
都说山顶有云海，佛光和奇观
又说山顶上空气稀薄，白雪皑皑
我知道只有一点是肯定的
到达山顶后，除了下山
只有下山

只有一点是肯定的

永远的攀登没有顶可达

2017-5-31

墙上的雨

树一把抓住街上走过的人和他们
肃穆的脸和长发
拍打蝉声，拍打嗡嗡的焦灼感
六月，临近终点
远方的白色绸带，安静而热烈
她在一张斑驳的松木桌上摆弄着瓷套娃娃
我看见她佝偻的背和颤抖的
手指，渐渐的，渐渐的
淡入水墨画。墙上
稀稀落落的雨
继续在阳光中流浪

2017-6-15

出现

一个人隐没于
最终都没问出口的那句话的弯钩里
里面可能无水，却有
水声。我等待水声中的出现
和挂着的湿润的感觉
和不知出浴还是逃离漩涡的
久别重逢

2017-6-15

八月的郁闷短歌

八月一直是无聊的
游泳池和海洋共同躲避我， 船上的人
躲得更远
脚印走入黄昏， 时间漫过沙枕
漫过太平洋， 漫过
一个时代的盲目和一枚虚张声势的导弹
我们耸耸肩，摘下八月的桑叶
继续寻找呻吟的可能， 整整一夜
我们把屋子里的灯全部换上蓝罩子
把屋外的天空全部换上黑帐子
我们看着对方身体里的月光
一转身躲进蝉鸣的最深处
我们听着海水的沸腾
掀开锅，撒把冷冻的星辰
毁灭和创造，哦！狂喜或厌恶
时间走过窗口
桑叶咬碎的郁闷又苦又稠

第四卷　我之于你

世界上最长的路程

从爱到不爱
一个眼神
走完世界上最长的路程
一个微笑
已经知道什么叫不可能
身体也许还有烙印
心已在千山之外万水之衡
冰裂的速度
只够生存
被风吹皱的水面
燕过后无痕
落花沉落湖心
山岳在迎接另一个暖春
从爱到不爱
终究是一种永恒

2015-2-11

雨夜的问候

在雨天
在暗夜
再喧闹的城市也有一条幽僻的小径
在江边
蜿蜒
总以为我不会迷路
你却在记忆深处
等待我再度路过

还记得我吗
三十年前我们吻别
也是这样的雨天
你问

当然不记得
我说
爱过太多人

太多的离别

你相信吗
第一道伤痕
总是刻得最深

在雨天
在暗夜
心碎是无法回忆的过程

2014-12-11

疯狂的雨季

昨夜梦里相见：
那疯狂的雨季
大水淹没了街头的雕像
红布伞，折骨，水声从天上瘫下
洼地开成了大河——

你独自伫立在路灯下，脸比泡沫还要苍白
我会死去，你说，你会忘记
你不会找到比我更加爱你的人
我的爱是你今生的囚笼
死亡在你身后，默默地叹息

疯狂的雨季，巨浪翻过沙垒
预报比到来还要恐惧，大水将诉说一册传奇
而你已撒手离去，诗句在空荡荡的风中摇曳
如果赴汤蹈火只是为了一句演绎
你，是否曾听见过我的歌曲？

在梦里，在梦里我看着你死去
像一道光在云层中开放后散去
像一滴水遁入大河后无迹可寻
你的眼睛在镜片后闪烁
你问，亲爱的，你为什么哭泣？

2015-10-8

心的勾引者

心的勾引者
你今在何方
梦的缔造者
扼腕轻唱

人生一场
到底要的是利剑
还是温床
无从做出的选择
终究是无法做的抉择

大楼在阴影里成长
陌生的人群到处流浪

2015-1-10

你这样一朵花

你这样一朵花
需要瓶口敞开的青瓷去装
梨木茶几中央，墨染山水屏障
不惊不乍，你笑得浅
看镜中你冷冷的眼
我猜半天，你心如葫芦， 曾经爱过
现在爱着，将来会爱，爱谁
爱谁？ 你谜一样令我疯狂
我逃进后院的竹林
暗香浮动，疏影恍惚
心漏了一地，回廊，镂空图案
假山，池塘，梦折了又折
仍然折回到你的亭台楼阁
半月池塘， 你这样一朵花
正中开放

2016—1—3

早餐和雪

你看你递上了什么
早餐和雪——苦中带甜的摩卡
是你的喜好，可是今天你
给了我黑咖啡和带霜的面包圈
起来， 你说
起来，看看这个崭新的世界
白色，无声，潮湿
以及压在我们生命上的所有重量

你看你给了我什么
混乱和永恒—— 一台电梯从一百层楼掉下
我们不断猜死了一个还是三个
不要离开我，即使死后也不要，你说
和我共度地狱，咀嚼
黑色，无味，寒冷
以及压在我们灵魂上的所有悲伤

你知道，你知道的

我总有一天会去那个你也会去的地方

就像白雪落在黑色的桉树枝上

2016-2-18

天长地久

我从不迷茫地寻找
雾中的邂逅
或麦浪，或青草，或飘扬的长发
和六颗滚动的泪珠
要是擦肩错过一万次
那就错过吧
要是道尽恩爱后你起身而去
那就去吧
我翻开的每一本书
都有一个天长地久的故事

2016-3-14

送你走去遥远的天国

今天，你化为青烟
飘荡在异国他乡
飘荡在秋叶与寒风之间
最终也没有回到紫禁城外那个四合院
最终也无法拯救窗台上的那盆牡丹花
一代豪杰，一世英名
是铅字间淡淡流逝的岁月
是长城墙根悠悠的青草连天
我的孤独的异乡人啊
今天，你化为灰烬，我为你送行

送你走去遥远的天国
在那里，鲜花无需血液的灌溉
在那里，蓝鸟在森林自由地呼吸
在那里，你最终可以忘记那个令你伤心的女人
在那里，你化为记忆中的蝴蝶
在那里，你可重签那来生来世的契约

我的疯狂的执行人啊

今天，你化为尘埃，我为你送行

为你最初和最终的爱情

为瞬间的光亮

为松开的手

和拥抱的心

今天

我为你送行

2015-10-6

葵

唯一令人惊讶的是：

一颗长茎的向日葵
竟以同样的硕重
将花籽坠落进你我不同的梦

河中央的岛屿
对月梳理的雀儿
没完没了的白昼和黑夜
辗转反侧

2016-5-3

我之于你

我之于你，如高山流水
顺清癯之弦，携野菊渗入草甸
我之于你，如羊群低晗
嚼柳叶马鞭草
踱步在神让出的伊甸园

我之于你
如暗夜，如私语，如启示
如冰封的菱花
如漂流瓶中的秘密

偶尔仰望
仰望你望的青山碧水
放逐相逢时节的狂妄
说吧
就说我爱你

又何妨

一切都是那么的醇美流畅

2016-5-27

蝴蝶效应

等雨停了
等腹部的虫子发完光
等他们的眼睛落到九十九层的塔楼
后面被河川与朽木爱了去
到那时，我们再重温柔情不迟

你可以去试试
和掌心的流沙说点旧事
不就是一顿饭的工夫
他们喜欢蝴蝶
喜欢蝴蝶效应
我却只有今生今世

等雨停了，花湿了，麦秸空了
我收起黑伞踩着月色回来时
你的碗里应该有米

你的床头应该有灯

你的体香应该萦绕如曦光之晨

2016-6-2

在最美好的年华里遇到你

明天你那里会下雪
你的小屋被风雪掩埋
夜里头树林在摇　野狼在吼
雪停后你会不会走出来
在小鹿东走西走寻觅食物的山沟
寻找我曾送给你的一剪红梅
你会不会留在屋里
炉火边是你熟悉的生活　熟悉的脸
熟悉的声音　熟悉的一切输入你的存在
有没有在一个瞬间　突然发现
其实你我早已是陌生的路人

在最美好的年华里遇到你
我并没有后悔
年轻到不会叹息或提起婚嫁的问题
纯洁到忘记问你父母的名字和他们的秘密
莫名其妙地激动　在一个城市的梧桐落叶里

写下意义朦胧的诗句
在生命最美好的年华里遇到你
我不能自己
但那是另一个时空的故事
中间是什么写也写不清
暮色已近
你必须赶回你的家
我也必须匆匆地消失在记忆的星空里

明天你那里下雪的时候
我这里会是阴雨绵绵
也许我会出门
在每一个陌生人的眼神中
捕捉一点和你有关的熟悉
也许我应该在你最意想不到的日子里
坐在你常去的那家咖啡店
如果你从我身边走过却不知道我是谁
在低头的叹息之间
请给我一个停留
和一个短暂的回忆

2015-1-25

遥观

愿这样遥远地， 遥远地看一个人
他走在寂寞的大江截流旁
另一种寂寞
青山一般，流水一般
无常的风， 总是一般吹奏

愿这样微笑地想象
他浑身的器官颤抖
骨节中飘散出来的花落遍荒野
然后一切复位， 错的只有一瞬间， 另一瞬间
他嚼着米粒，数着蹉跎
尘世给予的许多， 也给予桎梏

他，还不明白
作为女人的我更可以横空出世
当我静坐璧阁，从一个锁眼里
看破自我

2016-6-2

啄木鸟

想想吧！

万里之外的你
听到那清晰的啄木之声
不是因为你有异于常人的听力
而是因为你本身就是啄木鸟

森林被熊熊的火焰舔过后
南山剩下些焦黑
你用翅翼挑逗着晨露和暮光
却以无奈敲击柞木
川流中的游鱼
树巢里的宿雀
她们怎么知道你为何疯癫

想想吧！

这一夜的无名狂喜

这被啄开的树木之心

2016-6-11

不说

你总是一个字也不说
白墙黑瓦，敲上去，半天响一声
叮咚——水桶滑出轱辘
爱也不说，恨也不说
水流过百年
柳絮纷飞
来去无踪的燕子
宛自飞乱我的春风

看见你在桥头
看见你在窗口
隐约——
烟起，雾散，人走远——隔夜的怨
轻飘出西厢
那殉情的人仍在井底
神秘莫测的树藤缠绕井身

我也不说

恨你也不说，爱你也不说

提着水桶，抱着青蛙

走过桥墩十八里

2016-7-17

我喜欢和你生活的所有不自由以及康乃馨

我喜欢一个人生活的所有自由
也喜欢和你生活的所有甜蜜
我喜欢你节奏均匀的鼾声四肢的温醇
我喜欢你抚摸我的脊背
像抚摸一只刚从屋檐跳下的猫
我喜欢你不把我当回事
我喜欢你不把生活当回事
我喜欢你在镜子前不断地换帽子
我喜欢你帽子中不断钻出的小兔子
我喜欢一个人走遍天涯海角
也喜欢被你紧紧拴在巢里
我喜欢你抬头追溯随风飘扬的我
猜想下一个会到达的心境
我喜欢你的体息和不大不小的坏脾气
我喜欢你在雨天宽阔的广场
无声的人流中紧拉住我的手

我喜欢和你生活的所有不自由

和你带来的所有康乃馨

2016-7-31

我们相爱过吗

我们相爱过吗？

如果番花树没有在岩浆流过的地方长出
如果忍冬草没有在大地裂出的缝隙着床
如果海水退潮后没有给沙滩留下贝壳
如果篝火熄灭后没有给寒夜带来余温
如果不能相守我们相爱过吗？

岸隔着流水问对岸
花隔着流星问落花

我们相爱过吗？

2016-8-9

我恨不得自己是个小孩子

我恨不得自己是个小孩子且爱上那个
让我重新成为小孩子的男人

恨不得无语凝噎把流星的位置
颠倒成多骨朵的岭南花
恨不得抱着一根粗壮的竹笋
啃光了叶子还是抱着
恨不得人们把世界堆在我门口
杯里盛满鸡汤煮着心灵又煮不熟

恨不得漫山遍野地跑把椅子砍断了
还原成木头把木头嫁接了
还原成树把树失踪掉
还原成地底的根把根缩小了
还原成土壤的种子

我恨不得一夜间就爱上那个使我

成为小孩子的男人。他一双小孩子的眼睛
引诱我跳出窗口随心所欲地到处乱跑

2016-9-12

孤松吟

你在乳峰之间的低洼地
种上一棵孤松
你呼唤
松树内部的挺立，而夜色

在渐渐收拢，墙壁上的灯眼
因企图看清而亮瞎

我当你是萍水相逢
而你却命中注定
我当你是命中注定
而你却如浮萍飘零

乳峰之间有一片平滑的
安息地，孤独地挺立着
我对你的所有思念

2016-10-4

我们中间的河

我们中间流着一条没有边界的河。

时而清澈，时而浑浊；时而冒出泡泡，时而蹦出鱼儿；更多的时候，平缓如镜，暗潮汹涌。我们别过头去，任由它流。

我们中间没有渡舟。

从这岸跨到彼岸是这样的：譬如昨天，你伸出手，从你那边跨到我这边来，我给你一只脚踵捏着，直到天光放亮。譬如上月初，我在河里洗澡时，记得把荷花叶子推送到你岸边，你可以有一个夏季的清香。

我们中间的河有时候洪水滔天。

你我不得不各自去逃荒。我们总是扛着自己的锅碗瓢盆逃进不同人家的屋檐，然后长吁短叹，隔岸相望。

我们中间的河会不会结冰?

取决于冬天的心情，取决于冬天的温度。

2016-10-11

他

他是一个东方男子
薄胎白瓷，殷墟，盖住的杯口
茶叶片儿沸腾了
有些年代

金碧辉煌的大厅下层
他将手从我指尖悄悄抽走，悄悄
抽走。 他的手
刚才在我的秘密花园
汩汩流淌的星群中划出一片净土
现在，他只想躲进
那个连妈妈也找不到的角落

我有一块手帕，来不及给他——

时间
突然从高高的座位上泥鳅般滑落

空荡荡的衣袖中

揣满风铃

和海洋

2017－1－1

二月里未寄出的信

一个良久的缄默令我日夜不眠
开车出门
二月荒无人烟的海湾
刚下过雪， 空瓶在草地旋转
枯枝狂击群鸥
没寄走的信纸，揉成团， 一副线织的藤黄手套
鼓在口袋里——我爱你，我写道
现在不爱了——你的世界里有太多的连接
我却是一个顿号
我写道，我无法从绝望中自行爬出
把自己的柔软再度暴露给你， 这些挣扎
毫无益处——
二月蓝天的白色麦浪，让它滚过，让它滚过
纸团在群鸥的翅膀追上雪
港口，船桅倾斜无数

2017−2−3

与某君共进早餐

早餐时总在想，我们的十二个孩子
未出生的

那年， 我们没有夏威夷
那年我们把星星睡入海洋时把梦喂了鱼
深海的鱼极度丑陋，却长着
光芒四射的眼睛
你突然觉得一切形容词

都已经多余；你说，安静时想想
两个人中间其实隔着无数的其他生命体
他们不也全都做过那件事？

安静时想想
我们的十二个孩子
他们如毛茸茸的蘑菇，雨停后钻出
其中肯定有一个是叛徒

还有一个可能是诗人

戴着别人戒指的手
恬静的糖慢慢溶入沸腾的清咖啡
我们小抿一口后
笑了笑

2017-2-4

余音

事到如今

嘴唇已多余
告别需要勇敢者的心，而我们
怯懦

我们是盆栽的蕨
手臂朝着南方伸展
讨来的一枚太阳里仍然燃烧着火焰
叶子却阴郁无比

我们沉默着
如大水退去后的幽暗深谷
如劲风挥别后的寂静松林
如月色洗白的
小路

蜿蜒在

碎银的光亮和茂密的蹄盖蕨丛中

2017-3-21

寻找披头士

我们迷了路
在利物浦，寻找披头士时
一朵乌云飘过

我埋怨你转错了弯，你怪我没有给你
正确的方向
我说我们不如分手各走各的路
再错都无人可怨
雨丝将草地点着了翠烟
迎春花狂野

你说你可以拿走一切
但是不能拿走我的披头士唱片
我说你可以拿走法国刀，杜邦打火机
爱斯基摩船桨和铁公鸡
披头士唱片得归我

沉默中
我们终于找到了
约翰和保罗初次相遇的教堂
雨在1957年的奇迹中戛然而止
一条幼小的彩虹从草丛窜出来
照亮我们行走中的小路

你搂过我的肩膀
和我们的过去
我抬起头望着你温柔的眼睛
忘了，忘了，我说
还有一样东西绝对不能给你
十六年的记忆全部属于我

我们手牵手走进空无一人的教堂
昨天，昨天，披头士唱道
爱情是如此简单的一场游戏

2017-4-17

海明威的巴黎岁月

他们被欲望点燃的那个秋夜已经入冬
浴室满地是水，她迟疑了一刻
是不是能够用他的牙刷
镜子中他只有一个光裸的白花花的背影
和所有的背影一样
与脸长得不像。她记得自己
在街角曾经瞥见过一匹壮马的背影
驮着书和它们传递的绝望

窗外已经有大风摇动树干的声音
他们从彼此身上退下，同时
把钟针拧断
他们穿衣，系上皮带
她轻轻擦去他白衬衫角的唇印
晕散开如云。她错过了喊他名字的机会
现在他们只是抱歉地朝对方微笑着
仿佛干了一件很坏的事情

第二天她独自去爬一座很高的山
他曾经在山坳里生长如挺拔的幼松
她走过他走过的所有石阶
雾海深处， 衾服飕凉
鸟的鸣叫刺破她剩余的疑惑
最后她在一棵孤松旁
站立良久

以后的岁月里他们过着各自的生活
偶尔问候，客气寒暄
没有人重提那个入冬的秋夜
而她写的每一首诗里都有他的呼吸
而他写的每一行字里都是她的影子

2017-5-13

隔世

云飘去东方，必须是陌生的东方
必须是，连想象
也无法触及的地方
此刻，你静默——
你知道
有些东西无法用感官捕捉
好比水已漏出了网。时间的颗粒
变成你越冬的呼吸
盐结了晶进入细长的瓶子
写满小字的标签上隐约海盗船的黑旗帜
到那时
我定会用灰烬拥抱你
所有的灰烬

2017－6－27

想起你的那一天

想起你的那一天
我正独自走在繁忙的第五大道上
一辆白色肮脏的运货卡车
挡在地铁站进口
人们像被激流分开的鱼群
游入各自的黑暗。街边的水果摊上
堆满金黄透亮的柑橘，完美
如画布上的静物，等待被眼光剥离
在这星期二最令人厌倦的白昼的炽热里
我无心地望了一眼天空
那里，肥硕的云朵紧紧相依
它们拉着彼此的衣襟，仿佛一群
过马路的幼稚园孩童
我哼起儿歌
想起了你

2017-7-11

潮

你盎然而来，挂满白沫的手臂
挽起我光滑的细腻的
锁具一样紧扣的：仲夏夜的梦
你说你寻找的一直就
是我

哦，退潮了——

2017-8-2

经历了一天的爱情

当你抱怨，我不爱你时
你其实在说，你不再爱我了
不要紧，亲爱的
瞧，太阳走进山洞时并没有用岩石
封住洞口，它并不期待
树木为黑夜的必然性发出颤栗
瞧，偶然你也会夹着一脚趾热沙走回来
你会俯身轻吻我的疲惫
然后
像件被风弄皱的
蓝麻衬衫，高高飘进浴室
洗去所有欣喜的偶然性

2017-8-2

我没有其他爱你的方式

我没有其他爱你的方式
除了远远地静静地把自己化为似有若无
旧物中藏掩的暗香
破晓前蜡烛尖端丝线般的轻烟
花从茎上无声折落

我们之间什么也没有
什么也没有发生过
没有小小的星星窥探彼此的心意
没有白鸽在黄昏中频繁地穿梭
没有杜鹃，没有携手，没有
除了激烈的语言鞭打着绝对的嫉妒和不信任
除了欲望的狂风骤雨
除了想你千遍又想你千遍的疯

我没有其他爱你的方式
我没有任何奉献给你的礼物

我没有任何出现在你身边的理由
我没有任何慰藉你的温柔
我甚至都不明白为什么爱你
你又为什么爱上我
除了远远地默默地祈祷你痛苦如我
我没有其他爱你的方式

2017-8-27

老小孩

你老了
伸出的树枝依然硬朗
龟裂的表皮下，静脉里流着迟缓的时光
你胆变小了
夜晚不敢再开车独行
门后要多插上一道铜销

你遗忘了很多人，遗忘的
还有照片，还有读过的哲学，走过的世界
你停止染发。白色，染不成全黑
白色，衰老的警号
像一切死亡，从根部蔓延向上

你看不见自己的变化
你看不见天堂
它却寄存在我的眼睛里——幽光中
你在千纸鹤下安静地折翅膀

但更多时候，你却像小孩一样胡闹
仅仅为了让我多看一眼
你新学的旧魔法

2017-8-29